78

Y

ÉLÉGIE SUR LA MORT

DE SON ALTESSE ROYALE

MGR LE DUC DE BERRI,

PAR J. L. B.

MEMBRE DE PLUSIEURS SOCIÉTÉS LITTÉRAIRES.

Dies per silentium vastus, ploratibus inquies.
TACITE.

PARIS.

LIBRAIRIE DE HENRI NICOLLE,
DIRECTEUR DE LA LIBRAIRIE LATINE-GRECQUE-ALLEMANDE,
RUE DE SEINE, n° 12;
LE NORMANT, MÊME RUE, N° 8.
1820.

IMPRIMERIE DE LE NORMANT, RUE DE SEINE, N° 8.

AVIS DE L'ÉDITEUR.

CES vers ont été composés peu de temps après le crime du 13 février; mais l'auteur ne pensoit pas alors à les publier. D'ailleurs, devoit-il toucher à une plaie toute récente, et qui saignoit encore? N'étoit-il pas plus convenable d'attendre un instant où la douleur, plus calme, aime à se nourrir de souvenirs mélancoliques, et trouve alors, pour ainsi dire, des charmes dans le récit attendrissant qu'elle en entend faire? *Juvat meminisse malorum.* N'est-ce pas là le premier caractère de l'élégie?

Plusieurs ouvrages en vers ont paru sur cet événement si funeste à la France; cela devoit être : car il est encore, Dieu merci, des muses royalistes parmi nous; mais il nous a semblé que le poëme de notre auteur, dont le plan appartient à lui seul, pouvoit trouver sa place parmi ces productions des chantres de la douleur publique.

Eu déposant aussi le tribut de ses vers sur la tombe du Prince que le crime de février a enlevé à la France, notre auteur s'est proposé d'offrir le même hommage à cinq autres victimes de l'auguste

Famille de nos Rois; car le Duc de Berri n'est pas le seul que nous ayons à pleurer dans cette longue suite des infortunes royales, *tant les rangs y sont pressés !*

On a pensé que, dans ce moment d'une douleur générale, causée par la mort sanglante d'un de nos Princes, il étoit bon de rappeler à la France les vertus de ces Bourbons que la génération nouvelle n'a pu connoître, et que les auteurs, les complices de leur mort funeste calomnient encore tous les jours, quoique dans la tombe.

Voilà ce qui a déterminé notre auteur à réunir aujourd'hui comme dans un cadre commun six tableaux de cette auguste Famille, victime de nos troubles révolutionnaires, de ces temps d'exécrable mémoire que d'autres factieux voudroient encore ramener dans la France, si la fermeté du gouvernement et l'union des royalistes n'étoient là pour déjouer leurs complots anarchiques.

On s'est persuadé aussi qu'en offrant cette galerie funèbre aux regards des vrais amis du trône, on feroit quelque chose d'agréable pour les âmes sensibles et les Français fidèles qui, dans le récit de nos grandes douleurs, trouveront un motif de plus pour se presser autour du trône que menacent encore la licence et l'audace; et qu'on ne dise point

(v)

que c'est là vouloir réveiller d'anciennes haines : c'est rappeler d'anciens malheurs pour en éviter de nouveaux.

C'est pour atteindre ce double but, qui n'est que celui du bonheur de la patrie, que l'on propose en ce moment par souscription ce recueil de poésies élégiaques, sous le titre de *Galerie funèbre des Bourbons*, ou *les Malheurs de la Famille Royale*. Il contiendra six petits poëmes, savoir : *les Infortunes et la Mort de Louis XVI, de la Reine, du Dauphin Louis XVII, de la princesse Elisabeth, du duc d'Enghien*, et enfin celle du *duc de Berri* qu'on offre aujourd'hui au public pour lui donner une idée de l'ouvrage entier exécuté sur le même plan.

On y joindra trois autres poëmes : *sur la princesse Lamballe, sur les Malheurs d'une Famille fugitive*, et *sur la Mort d'un Curé de campagne, victime de l'impiété* (1). Les sujets de ces poëmes se rattachent aux temps déplorables qui ont dévoré une partie de la famille de nos Rois.

Ces différens ouvrages sont composés depuis long-temps, et ont été soumis au jugement d'hommes de lettres dont l'esprit de parti n'a point égaré le goût. Le volume sera complété par d'autres poésies de

____

(1) Il étoit l'oncle de l'auteur, qui lui doit son éducation.

circonstance, ayant toutes pour but de faire aimer nos Rois, et détester les nouveaux agitateurs de la patrie. Il paroîtra pour la Saint-Louis prochaine.

On souscrit, à Paris, à la librairie de Henri NICOLLE, *rue de Seine, n° 12; et chez* LE NORMANT, *imprimeur-libraire, même rue, n° 8.*

Prix de la Souscription, un volume in-8°, 3 fr. pour Paris, et 3 fr. 50 c. pour les départemens.

ÉLÉGIE
SUR LA MORT

DE SON ALTESSE ROYALE

MGR LE DUC DE BERRI.

———

DES Destins ennemis quelle est donc la puissance!
Quoi! le sang de Henri coule encor dans la France!
Et le meilleur des Rois, toujours infortuné,
Six fois dans ses enfans se voit assassiné!!!
Au pied de leur palais, six fois épouvantée,
La Seine a vu s'ouvrir leur tombe ensanglantée.
  Là, renversant le trône et dispersant nos lis,
La Révolution sur ses vastes débris
Vint dévorer la sœur, et l'enfant, et la mère (1).
Du haut de son donjon, dans son bois solitaire,
Sur un tombeau récent, de nos pleurs inondé,
Vincennes nomme encor l'assassin d'un Condé (2),
Et janvier, de cyprès couronnant chaque année,
Nous dit du Roi-Martyr la mort infortunée.
  O temps de nos malheurs, du crime horribles jours,
Que n'êtes-vous, hélas! oubliés pour toujours!
Pourquoi faut-il, grands Dieux, que ma triste mémoire
Joigne u i nouveau forfait à leur trop longue histoire!

———

(1) La Reine, le Dauphin et Mme Elisabeth.
(2) Le duc d'Enghien.

Ah! puissions-nous du moins, pour la dernière fois,
Dire au monde effrayé le malheur de nos Rois;
Et qu'instruits par trente ans de misère et de crimes,
Nous reposions enfin sous nos Rois légitimes!
Un si doux avenir, hélas! nous fut promis,
Quand du Ciel apaisé, les décrets plus amis,
Nous rendirent *Louis*, la paix et l'espérance:
La Discorde ennemie avoit fui de la France;
Et l'honneur, la vertu, les lois, la liberté,
Du trône et de l'autel faisoient la sûreté.
Mais de nos maux passés le funeste génie
Accourt une autre fois envahir la patrie:
D'abord caché dans l'ombre, il s'entoure en secret
De tous les factieux que son nom rassembloit,
Leur parle, les excite, éveille leur audace,
Les arme de fureurs, marque à chacun sa place;
Les unit par serment, et, d'un œil assassin,
Leur indique le Louvre, un poignard à la main.

Des vrais amis du Roi c'est en vain que le zèle
Signale chaque jour la faction nouvelle;
En vain dans leurs écrits que l'amour a dictés
Le complot est suivi, les dangers sont comptés;
En vain toujours fidèle et forte d'éloquence (1)
Leur voix de ses malheurs vient avertir la France;
Comme le vent qui souffle aux plaines du désert,
Cette voix n'est qu'un bruit qui murmure et se perd.
Jérusalem, ainsi la voix de ton prophète,
De tes malheurs futurs courageuse interprète,
Rétentissoit jadis aux rives du Jourdain:
Comme aux bords de la Seine, hélas! ce fut en vain.

------

(1) Tous les journaux royalistes.

L'orage cependant grondoit avec furie :
Les pouvoirs outragés, la licence enhardie,
Les fidèles chassés, punis, mis dans les fers,
Les traîtres en vainqueur à nos regards offerts,
Le régicide, objet des louanges publiques,
Dieu lui-même couvert des mépris anarchiques,
Tant de maux, amassés par l'Enfer en courroux,
Agrandissoient l'abîme entr'ouvert devant nous,
Quand, docile au signal que lui donna son maître,
Un nouveau Ravaillac soudain vient à paroître ;
Nourri depuis long-temps d'homicides poisons ;
Instruit à s'enivrer dans le sang des Bourbons,
Sur les degrés du trône il choisit sa victime ;
Et comme à ses fureurs ne suffit pas un crime,
Le monstre en la frappant prétend tout à la fois
Jusque dans l'avenir assassiner nos Rois (1).

Couvre-toi d'un long deuil, ô ma triste patrie !
Pleure.... de tes beaux jours l'espérance est ravie ;
Pleure.... et que tes échos aujourd'hui gémissans
Aillent porter au loin mes lamentables chants.
A tes enfans émus au récit d'un grand crime
Raconte les bienfaits de l'auguste victime ;
Dis-leur que le trépas de ce Prince chéri
De toutes les vertus fut encore ennobli.

Protecteur des beaux-arts, et leur ami fidèle,
Faisant tous ses plaisirs de leur gloire immortelle,
Dans leur prestige aimable et leurs jeux innocens
Berri cherchoit parfois d'heureux délassemens ;
Et le peuple joyeux, groupé sur son passage,
Dans lui de Henri-Quatre aimoit à voir l'image.

------

(1) Louvel, l'infâme Louvel, n'a-t-il pas avoué qu'en frappant le
duc de Berri, il vouloit détruire la *race* de nos Rois ?

Il se plaisoit surtout à suivre de ses vœux
Le père et le soutien de tous les malheureux.
  Tel à Rome autrefois, dans ses jeux magnifiques,
Germanicus faisoit les délices publiques.
Noble espoir des beaux jours qu'attendoient les Romains,
Chacun s'applaudissoit de ses heureux destins,
Quand la mort de ce prince, objet de tant d'ivresse,
Vint changer leur bonheur en longs jours de tristesse.
  Peuple bon et sensible, ô mes concitoyens,
Français, dans l'avenir qui mettiez tous vos biens,
Comme chez les Romains, au sein des jouissances,
Un seul jour a détruit toutes vos espérances !
  Près de sa jeune épouse, heureux de son amour,
Berri quittoit des arts le magique séjour.
Ennemi des grandeurs, de la magnificence,
Chevalier plein de foi, simple, sans défiance,
Incapable de crainte, il ne soupçonnoit pas
Que dès long-temps le crime épioit tous ses pas.
Du moins si quelque songe, un indice, un présage,
De loin à ce bon Prince eût signalé l'orage....
Mais ses bienfaits nombreux, sa loyauté, son cœur,
Hélas ! lui pouvoient-ils annoncer un malheur ?
Mois fatal à la France ! ô nuit, nuit désastreuse !
L'assassin, protégé par son ombre douteuse,
L'attend, le voit, s'élance, et plonge dans son sein
Le poignard que l'Enfer a remis dans sa main.
  O coup, hélas ! porté par une main trop sûre !
Le sang à gros bouillons sortant de sa blessure
Jaillit sur son épouse !.... Et, les pleurs de l'hymen,
Les sanglots de l'amour se confondent en vain ;
Sourde à leurs cris plaintifs déjà la mort s'avance,
Et vient ravir encore un Bourbon à la France.

O, veille sur ses jours, veille du haut des cieux,
Grand Dieu! ne permets pas qu'un sang si précieux,
Le sang du Fils des Rois s'écoule avec sa vie!
De cet autre Henri faut-il que la patrie
Apprenne en même temps le péril et la mort?

    Espoir consolateur, moins déplorable sort:
Le Prince se ranime, et sa foible paupière
Sur son épouse en pleurs se rouvre à la lumière;
Il nomme son enfant.... Bon père, il veut encor
Revoir de son amour le précieux trésor.
Du Dieu de ses aïeux adorateur fidèle,
Il demande un ministre; et sa voix qui l'appelle
De légères erreurs va lui faire l'aveu,
Quand son lâche assassin dit qu'il n'est point de Dieu....

    Quel contraste étonnant de force, de foiblesse,
De crimes, de vertus, de joie et de tristesse!
Là, dans ces lieux ouverts aux fêtes du bonheur (1),
Gît l'héritier des Rois sur un lit de douleur (2);
Entre tous les plaisirs et la mort solitaire,
Là n'est qu'un foible espace, une simple barrière;
Et la pitié plaintive, étrangère à ces lieux,
Est assise tout près et des ris et des jeux;
Là, pour son meurtrier sans haine, sans vengeance,
La victime pardonne et demande indulgence;
Tandis que triomphant, heureux de ses succès,
Le monstre aspire encore à de plus grands forfaits (3);

---

(1) L'Académie Royale de Musique.

(2) Le Prince, frappé à mort, manqua d'abord de tout, et ne put
avoir même les premiers secours que l'on trouve dans les hôpitaux.

(3) Louvel arrêté dit froidement que son dessein étoit d'assassiner
d'autres Princes de la Famille Royale.

Là, celui dont le cœur si riche en bienfaisance
Chaque jour prodiguoit des soins à l'indigence,
Indigent à son tour, à peine a les secours
Que les plus malheureux obtiennent tous les jours.

Dans ce vaste tableau des misères humaines,
Sous le parvis brillant des voluptés mondaines,
Tandis que la folie autour de ses drapeaux
Réunit tout un peuple au bruit de ses grelots,
Qui peindra près de lui, dans un morne silence,
Ses amis agités de crainte et d'espérance?
Et ce vieux compagnon de ses premiers malheurs (1),
Et ces preux chevaliers, fidèles serviteurs (2),
Dont les cœurs éprouvés par de longues misères,
Hélas! n'ont pas encore épuisé les dernières?

Qui peindra nos guerriers à son lit réunis,
Tour à tour inquiets, indignés, attendris,
Et qui de tout leur sang si cher à la patrie
Du Prince qu'ils aimoient voudroient payer la vie (3)?
D'un frère que l'enfance unit à son bonheur,
Son compagnon d'exil, et de gloire et d'honneur;
Qui dira les regrets, les angoisses cruelles,
Et du dernier adieu les douleurs éternelles;
Qui dira son épouse au printemps de ses jours,
Bientôt veuve d'hymen, de bonheur et d'amours,
A genoux près de lui gémissante et plaintive,
A ses moindres soupirs inquiète, attentive,
Et, pour le conserver, élevant vers les cieux
Ses innocentes mains, et son cœur, et ses vœux?

---

(1) M. le comte de Nantouillet.
(2) Plusieurs seigneurs attachés au Prince.
(3) Plusieurs maréchaux de France, et le marquis de La Tour-Maubourg, ministre de la guerre.

Son père!.... en est-il un plus malheureux au monde?
Immobile, muet dans sa douleur profonde,
Et couvrant de ses mains son visage abattu,
Souffre un mal que jamais nul pinceau n'a rendu (1).

Qui pourra dire enfin l'Antigone chrétienne,
Qui de tant de douleurs éternisant la sienne,
A force de souffrance apprit à tout souffrir,
Est au-dessus des maux, et n'a plus qu'à mourir?

Tel au milieu des mers, battu par la tempête,
L'impassible rocher de loin lève sa tête.
L'Océan contre lui brise ses flots amers;
A ses pieds il a vu cent naufrages divers;
Et, lorsque tout succombe aux fureurs des orages,
Lui seul reste debout au milieu des naufrages.

Telle, auprès de la mort, parmi tant de douleurs,
L'héroïne des lis, sans foiblesse, sans pleurs,
En regardant le ciel, semble dire à son frère :
« Ah! plus heureux que moi vous reverrez mon père;
» Dites-lui de prier pour la France et pour nous (2). »

Mais j'aperçois le prêtre au maintien grave et doux :
Une pitié céleste et l'anime et le touche;
Un Christ est dans ses mains, le pardon dans sa bouche.
Appui des malheureux, organe de la Foi,
La mort, à son aspect, la mort est sans effroi :
Il a béni le Prince.... et l'ange de la vie
Vole instruire le Ciel de sa sainte agonie....

O viens, aimable enfant, jeune lis, tendre fleur,
Que frappe à ton aurore un souffle destructeur;
Infortuné, bientôt tu n'auras plus de père!
Ah! puisses-tu du moins avoir long-temps ta mère!

____

(1) C'est la douleur d'Agamemnon dans le tableau de Timante.
(2) Paroles de Mme la duchesse d'Angoulême.

Puisse un frère, échappé de la nuit du trépas,
Protégé par le Ciel comme un autre Joas,
Transmettre à nos neveux exempts de nos misères
Les bontés, les vertus et le sang de ses pères !
Pour la dernière fois, dans cette triste nuit,
Enfant, viens caresser la main qui te bénit (1).

Accablé d'un malheur qui fait couler ses larmes,
Le Roi s'approche, arrive en ce lieu plein d'alarmes.
Le Prince, au nom du Roi, sent ranimer son cœur,
Et d'une voix qu'élève un instant de bonheur :
« *Pardon pour l'homme*, hélas ! *pardon*, dit-il encore (2) !
» Que j'emporte au tombeau sa grâce que j'implore. »

O vertus des Bourbons ! admirable bonté,
Trésor du Roi-Martyr dont ils ont hérité,
Pourquoi de leurs malheurs êtes-vous donc la cause ?

Mais, ô trompeur espoir où notre amour repose,
Le Prince s'affoiblit.... Sa voix tombe.... s'éteint....
En vain l'homme de l'art se tait, et se contraint,
Ses pleurs ont annoncé qu'il n'est plus d'espérance ;
Douloureuse agonie ! effroyable silence !
Des sanglots étouffés, de sourds gémissemens,
Seuls viennent l'interrompre : épouse, amis, parens,
Tout est anéanti, tout pleure, tout soupire....
Le Prince pousse un cri.... Tout se tait.... Il expire !
Il expire !.... A ces mots qui brisent tous les cœurs,
Par des cris déchirans s'exhalent les douleurs ;
En deuil universel changeant ses jours de joie,
Paris épouvanté dans les larmes se noie.
La mort qui nous l'enlève au milieu de ses ans,
La mort semble à la fois frapper tous ses parens.

---

(1) MADEMOISELLE fut apportée à son père qui la bénit.
(2) Expressions du Prince demandant la grâce de son assassin.

Comme un lis jeune encor dont la tige rompue
S'incline et se flétrit, son épouse éperdue
Sous le poids de ses maux tombe aux bras de sa sœur.

Patriarche éprouvé dans les jours du malheur,
Le Roi (tristes adieux que vient lui faire un père)
L'embrasse, et de ses mains lui ferme la paupière.

O regrets, ô douleur, qui dureront toujours!
Il n'est plus ce bon Prince, objet de nos amours!
Il n'est plus.... Qu'as-tu fait, ô malheureuse France,
Qu'as-tu fait des Bourbons, ta plus chère espérance?
Ah! le vent de la mort a soufflé sur leur tête;
Presque tous ont péri dans l'affreuse tempête (1).
Les feux de la discorde allumés dans ton sein
Ont fait naître, ont nourri leur nouvel assassin.
Il n'est donc que trop vrai; des mains du fanatisme
Les poignards sont passés aux mains de l'athéisme!
D'une âme desséchée ô froide atrocité!
Voilà les fruits amers de l'incrédulité (2)!
Philosophes du jour, à vos leçons perfides
Formerez-vous encor quelques nouveaux Séides?

Empare-toi, grand Dieu, de tout notre avenir;
Dieu de nos Rois, hélas! c'est assez nous punir :
Brise, brise en ses mains les armes de l'impie :
C'est lui qui dès long-temps, sans autel, sans patrie,
Amassa sur nos fronts ton trop juste courroux;
C'est lui que du poignard arma l'Enfer jaloux;
C'est lui dont les écrits vomis par la licence
Ont causé tous les maux qui dévorent la France;
C'est lui qui, te bravant avec impunité,
Assassine les Rois donnés dans ta bonté.

-----

(1) La révolution.
(2) Louvel a fait hautement profession d'athéisme.

Qu'il périsse !.... Ou plutôt, que tes anges fidèles,
De l'empire chrétien antiques sentinelles,
Veillent autour du trône appuyé de ton bras !
Grand Dieu, ferme l'abîme entr'ouvert sous nos pas !
Qu'après tous ses malheurs la France puisse encore
Du règne de ses Rois revoir briller l'aurore !
Veille du haut des cieux, veille sur un enfant
Que nous légua l'amour, et que l'amour attend ;
Tendre espoir de nos lis, du trône et de sa mère,
Qu'il naisse plus heureux que ne le fut son père !
Pour sauver Israël, d'un Moïse nouveau
Sur les flots en courroux protége le berceau !
Qu'il croisse, qu'il s'instruise, aux beaux jours de sa vie,
Dans les sentiers heureux où la vertu convie ;
Et qu'il devienne un jour le protecteur des lois,
L'amour de tout son peuple et l'exemple des Rois !

————